Escriptora Submisa

Erika Sanders

sèrie

Dominació i submissió eròtica

Primera edició: 2023

Sinopsi

El major temor de Samantha era que algú la reconegués en aquestes fotos.

Però aquest problema es resolia mitjançant l'ús d'una màscara prima.

La màscara era petita i només cobria els seus ulls i nas, la qual cosa era prou bo com per mantenir el seu anonimat.

Escriptora Submisa és una novel·la de fort contingut eròtic BDSM i, al seu torn, una nova novel·la que pertany a la col·lecció Dominació i submissió eròtica, una sèrie de novel·les d'alt contingut BDSM romàntic i eròtic.

(Tots els personatges tenen 18 anys o més)

Nota sobre l'autora:

Erika Sanders és una coneguda escriptora a nivell internacional, traduïda a més de vint idiomes, que signa els seus escrits més eròtics, allunyats de la seva prosa habitual, amb el seu nom de soltera.

índex:

índex:

ESCRIPTORA SUBMISA
ERIKA SANDERS

PRIMERA PART
LA REACCIÓ

CAPÍTOL I

El major temor de Samantha era que algú la reconegués en aquestes fotos.

Però aquest problema es resolia mitjançant l'ús d'una màscara prima.

La màscara era petita i només cobria els seus ulls i nas, la qual cosa era prou bo com per mantenir el seu anonimat.

Ella va fer diferents postures per al fotògraf.

Era una sessió de rodatge elegant amb un to submís.

Diverses cordes lligaven lleugerament el seu cos petit i prim, que estava cobert amb un prim vestit negre.

Els seus nines també estaven lligades juntes i ara s'estaven pres fotos d'ella tirada a terra.

Era una sessió artística realitzada per un fotògraf local semi famós, que venia els retrats en diferents galeries d'art.

"Així, molt bella", deia el fotògraf, allunyant-se. "Date la volta. Sobre el teu estómac. Bé. Gira't".

Va ser el més divertit que Samantha va fer en molt de temps.

Es donava la volta com una cadelleta d'esclavitud.

Llavors ella va rodar cap enrere.

Hi havia una lleu somriure a la cara, vivint la seva fantasia.

El fotògraf va notar el somriure de Samantha, i ell li va tornar el somriure, prenent més fotos en el procés.

"Crec que hem acabat per avui", va dir, baixant la càmera. "Vas estar excel·lent".

Ella es va aixecar i va caminar cap a ell amb les nines lligades apuntant cap endavant.

"Només feia el que em deies", va somriure.

El fotògraf va desencadenar les seves nines, finalment alliberant-la de totes les cordes de l'esclavitud.

Hi havia petites marques vermelles en les seves nines.

"Ho sento per això. Potser les vaig posar una mica massa atapeïdes".

Ella va sacsejar el cap i es va treure la màscara.

"No et preocupis per això. Crec que jo estava tirant massa fort. I s'esvairan aviat les marques".

"Noia dura."

"Parlant de ser dura, hi ha alguna possibilitat de treball extra?"

"Depèn", va respondre el fotògraf. "Hi ha una propera exhibició d'art en unes poques setmanes. Si els teus retrats es venen, m'encantaria contractar-te per a més fotos".

Ella va somriure.

"Això ho espero amb ànsies".

CAPÍTOL II

Després de vestir-se, Samantha va anar directament al seu dormitori.

Encara quedava molta feina escolar per fer.

La classe més desafiant de l'semestre era el seu curs d'escriptura creativa, que se centrava en l'elaboració d'històries completes.

Aquesta era la classe en la que volia treballar més perquè li donava una sortida per escriure.

A ella li encantava escriure.

I ella volia convertir-se en novel·lista algun dia.

El més important, li donava una plataforma per començar a escriure la seva primera novel·la sota la tutela d'un destacat professor.

Era un professor a què havia admirat profundament molt abans d'assistir a la seva classe.

Era un professor que havia escrit diversos llibres, que Samantha havia estimat, llegint-los, mentre creixia.

Aquests llibres antics van influir en l'estil de l'escriptura de Samantha, i ella estava emocionada amb l'oportunitat que ell li ensenyés.

Va acabar d'escriure l'esbós d'una pàgina de la seva propera història ideada mentre estava asseguda al seu llit.

Necessitava enviar a professor abans de la seva pròxima reunió.

Després de passar hores escrivint i pensant, l'estat de trànsit de Samantha es va trencar quan van donar uns cops a la paret.

Era la seva bella companya de quart i millor amiga des de l'escola secundària, vestida només amb una tovallola i amb el cabell acabat de assecat després de la dutxa.

"Encara estàs escrivint les teves coses?" Vicky preguntar.

"Oh, és clar, encara estic amb això".

"Llavors, com et va anar avui amb les teves fotografies?"

Samantha va aixecar els polzes.

"Bastant bé."

"M'encantaria veure el nou book".

"Espera, deixa comprovar si ja me les ha enviat".

Samantha va obrir ja el compte de Gmail i va veure alguns correus electrònics nous.

Hi havia un correu electrònic de l'fotògraf que va obrir i va descarregar l'arxiu que contenia.

Hi havia trenta-vuit imatges en total.

"Ja estan, te les enviaré immediatament", va dir Samantha. "I m'ho dius a mi saber el que penses. Personalment, crec que és una cosa molt bona. M'agrada més que el que vaig fer l'última vegada".

Per descomptat, Samantha valorava molt l'opinió de Vicky sobre l'assumpte, perquè la seva amiga havia fet molta feina de modelatge ella mateixa, ia més planejava treballar a la indústria de la moda algun dia com a dissenyadora.

Vicky va deixar caure la tovallola i es va quedar nua.

"Les trobaré una ullada més tard. Ja et duchaste? Aquesta festa és en una hora".

"Oh, merda."

Vicky es va posar una sustentació.

"És un d'aquells dies, eh?"

"Maledicció, espera".

Samantha ràpidament va obrir el seu correu electrònic i li va escriure un missatge a professor.

Ella va adjuntar el document de Word i després el va enviar.

Llavors Samantha va obrir un altre correu electrònic i li va escriure un breu missatge a Vicky.

Ella va adjuntar l'arxiu amb les trenta-vuit fotos d'esclava submisa i va enviar el correu electrònic.

Després Samantha va tancar el seu ordinador portàtil i va saltar del llit.

Va passar amb la seva companya d'habitació seminua i va entrar al petit bany, que encara estava una mica humit ja que Vicky acabava d'usar-lo.

Es va despullar, després va entrar a la cabina de dutxa obrint l'aixeta per deixar caure una cascada d'aigua calenta.

Mentre es ensabonava i rentava el cabell amb xampú, Samantha va pensar en el seu pròxim projecte d'escriptura i en reunir-se amb el professor.

Va pensar en com li explicaria la seva feina.

Com ho presentaria ella.

Com anava a expressar-se.

Els punts principals que volia transmetre perquè el professor entengués els seus pensaments i, amb sort, li proporcionés l'aprovació i la comprensió que tant necessitava.

També va pensar en coses trivials, com què posar-se.

Ella volia lluir elegant, però atrevida, sense enviar tampoc senyals equivocades.

Ella volia semblar intel·ligent sense ser massa tensa.

Tampoc volia semblar massa simple, o fàcil, o perdria el respecte de professor.

Ella necessitava veure bé.

Potser li demanaria a Vicky seva opinió més tard també sobre aquest assumpte.

Samantha va tancar l'aigua, es va assecar els cabells i va tornar a l'habitació de dormitori, on Vicky ja estava vestida, i estava usant la seva pròpia ordinador portàtil.

"Què opines de les fotos?" Va preguntar Samantha, mirant dins del seu armari.

"Vols dir el teu escrit?"

"No, a les meves fotos, òbviament".

"Bé, doncs accidentalment em vas enviar el teu escrit", ha informat Vicky. "Es veu bastant bé. No sóc molt lectora, però compraria aquest llibre si ho escrius".

Samantha es va congelar.

Els seus ulls es van obrir i el seu estómac es va enfonsar.

Es va afanyar cap al seu ordinador portàtil i va revisar el seu compte de Gmail.

Va revisar els seus correus enviats, per veure el missatge que li havia enviat a professor.

Llavors va mirar a l'arxiu adjunt.

"Oh, Déu".

Es va cobrir la boca amb la mà quan es va adonar que accidentalment li va enviar a professor les trenta-vuit fotos d'esclavitud.

"La meva ... vida ... està ... arruïnada", va gemegar Samantha, esfondrant-al seu llit, amb ganes de plorar en el procés.

"Merda, acabes d'enviar aquestes fotos al teu professor?" Vicky va riure d'una manera divertida.

Samantha va enterrar la cara al coixí.

"No vull parlar d'això."

"Mira el costat positiu. Si és un tipus normal, probablement et donarà una A per la classe. El desavantatge és que probablement hauràs de xuclar-li la polla. Si no sou sexy, llavors et faràs amb ganes. Tu ja saps, tot aquest tema de professor / estudiant ".

"Em reuniré amb ell demà. Déu, espero que no em denunciï per tractar de sol·licitar sexe o alguna cosa així. Podria ser expulsada de l'escola".

"Hi ha una regla en contra d'enviar a professor fotos de submissió?" Vicky preguntar.

"No ho sé."

"Bé, et duchaste súper ràpid. Potser encara no l'hagi vist. Per què no el crides i li dius que eviti veure el teu correu electrònic?

Samantha es va asseure dreta, amb llàgrimes als ulls.

"Ets un geni."

Va buscar al programa de el curs el nombre de cel lular de professor, però no hi era, a diferència d'altres professors.

L'únic curs d'acció seria resar perquè encara no l'hagi vist.

Ella va enviar un altre missatge d'advertència per avançat.

Ella va enviar un correu electrònic amb el títol: PER FAVOR, NO OBRI L'ALTRE CORREU ELECTRÒNIC

"Professor,

sóc Samantha. Tenim una cita demà al matí. Li vaig enviar un altre correu electrònic fa uns moments. Sincerament espero que no ho hagi obert. Si no, per favor no ho faci. Si és així, ho sento molt. Va ser un accident.

Aquí li envio el meu escrit.

Espero que aquest error no posi en perill la nostra relació acadèmica. Encara planatge veure-li demà per discutir el projecte d'escriptura.

Amb els meus millors desitjos,

Samantha ".

Després va adjuntar l'arxiu amb l'escrit, revisant que ho feia bé aquesta vegada.

Una vegada que es va enviar el missatge, Samantha va caure de nou sobre el llit.

Es va adonar que la seva tovallola s'havia obert i el seu si esquerra estava parcialment exposat, però no li va importar.

Encara tenia una festa a la qual arribar.

Però no tenia idea de si mai podria tornar a divertir-se.

CAPÍTOL III

Just abans de la reunió del matí, Samantha es va acomodar traient unes peces del seu armari.

Pantalons de color caqui, una camisa blanca botonada i una armilla fosc.

Informal, però amb classe.

Portava els cabells recollits en una cua de cavall i portava un maquillatge mínim.

L'última cosa que volia fer era emetre vibracions eròtiques, especialment després d'aquest horrible error de l'correu electrònic, que el professor tampoc es va molestar a respondre.

Ella va ser a la seva oficina a l'edifici d'humanitats.

Quan va arribar allà, va veure, a través de la porta de vidre, a l'professor assegut darrere del seu escriptori usant l'ordinador.

A Samantha va molestar una mica que el professor estigués a l'ordinador, i que mai es molestés en enviar-li un correu electrònic de resposta.

Oh, bé, va pensar, això li hagués estalviat una mica de la incomoditat.

Va trucar a la porta per cridar la seva atenció.

"Just a temps", va dir el professor. "Tanca la porta i s'asseu".

El professor era molt més gran que ella.

Potser tindria uns quaranta-cinc o cinquanta anys, el doble de la seva edat.

Era bastant guapo, amb un comportament sever i fort.

Hi havia un aire de saviesa en ell, el que feia evident que era una persona molt intel·ligent.

Va tancar la porta i va seure a la cadira davant de l'escriptori de professor.

Va seure en posició vertical amb una postura perfecta, mentre que l'assumpte de l'correu electrònic encara romania en la seva ment.

Es va preguntar si ell ho abordaria o no.

Fins ara, aquest no semblava ser el cas.

En canvi, el professor va col·locar un tros de paper sobre l'escriptori.

Era una còpia impresa de la tasca de Samantha, amb notes escrites a mà per tot arreu.

"Sóc de la vella escola", va dir. "Prefereixo escriure sobre paper i comentar amb un bolígraf. Comencem ara?"

Ella va assentir.

"Per descomptat."

"Arribaré a l'assumpte en qüestió, m'agraden les teves idees. La història d'una jove que ha trobat el seu camí en la vida és molt recurrent, però aquest és un nou gir. Si no recordo malament, el primer dia de el curs, vas dir que volies convertir-te en novel·lista, oi? "

Ella va assentir.

"Així és."

"I vas dir que volies convertir això en la teva primera novel·la que esperes publicar algun dia, això també és correcte?"

"Això és absolutament correcte. I no li he dit això, però en realitat sóc una gran admiradora dels seus llibres. Són inspiradors per a mi. I valoro molt els seus comentaris".

"Estima les amables paraules", va dir en un to tranquil. "Sóc aquí per a tu i per a tots els meus altres estudiants. Per això em vaig convertir en professor, per transmetre els meus coneixements, els que sigui que tingui, per ajudar a la propera generació d'escriptors".

Samantha el va mirar amb una barreja de preocupació i angoixa, com si estigués profundament humiliada simplement asseguda allà.

"Alguna cosa va malament?" va preguntar el professor.

Ella va reunir el seu coratge.

"¿Va mirar el correu electrònic ahir a la nit?"

"Òbviament ho vaig fer. Estem discutint la teva tasca d'escriptura, no?"

Se sentia com una idiota.

"No aquest correu electrònic. Em referia a l'altre, ja saps, el correu enviat per accident. Hi havia un arxiu adjunt. Ho va descarregar?"

"És la meva feina mirar el que m'envien els estudiants. Llavors sí, quan vaig veure l'arxiu adjunt, el vaig obrir".

"¿Va veure les meves fotos?" Samantha va preguntar retòricament.

"La capçalera del teu correu electrònic era que era la teva tasca. No sóc un lector de ments, Samantha. Sí, vaig veure les teves fotos. Però no t'avergonyeixis".

Ella va exhalar un breu sospir d'alleujament.

"Llavors no està decebut amb mi?"

"Per què ho hauria d'estar?"

"Perquè el seu estudiant, que va a una prestigiosa universitat, posés per a fotos com aquestes".

"No jutjo a les persones per explorar altres camins", va respondre. "D'això es tracta la vida, no? Descobrir el que t'agrada, el que no t'agrada, i després prendre decisions".

"Gràcies."

"Per què?"

"Gràcies per no ser un imbècil", va dir. "Disculpi el meu llenguatge, però estic segur que altres professors d'aquesta universitat m'haurien expulsat. O això, o exigirien sexe oral o alguna cosa així".

"En realitat, estava a punt de demanar teus serveis".

Ella es va sorprendre.

"De debò?"

"Només estic fent broma. Probablement tinguis raó. Altres professors podrien haver interpretat aquest correu electrònic com una sol·licitud sexual. Però no sóc com altres professors. Entenc que les persones cometen errors amb els correus electrònics".

"Què passa amb les fotos en si?" ella va preguntar. "Ho consideres un error de la meva part?"

"Tu sí?"

Samantha es va asseure dreta i desafiant.

"No, no ho sé. Estic orgullosa de les fotos que em van prendre. Crec que són boniques i artístiques".

"Si això és el que penses, qui sóc jo per jutjar-?"

"M'alegro que hàgim resolt això", va respondre alleujada.

"Per què no incorpores això a la teva novel·la? Has insinuat temes de sexualitat per a la història que planeges escriure, així que per què no incorporar una mica d'això? No has d'entrar en detalls, sinó parlar sobre la teva mateixa exploració."

"Honestament, no sé si puc fer-ho".

"Tens experiència amb l'estil de vida d'aquestes fotos?", Va preguntar.

Ella va negar amb el cap.

"En realitat, no".

"Per què no, si puc preguntar?"

Samantha va pensar per un moment.

"Mai he trobat a algú en qui pugui confiar per fer-ho. Vull dir, tenir relacions sexuals és una cosa, però la submissió és una altra cosa. Sento que és molt més íntim i s'hauria de compartir només amb la persona adequada".

"Per això m'agrades. Ets intel·ligent, talentosa i fort. Hi ha molts idiotes per aquí. Però una veritable relació Amo - submisa es basa en la confiança i l'afecte. L'Amo ha de respectar a la submisa. Hi ha d'haver confiança. Només llavors una submisa pot ser completament lliure per a deixar-se portar ".

Un somriure va aparèixer a la cara d'ella.

"Com sap tot això?"

"Normalment no parlo d'això, però vaig ser un Amo per diverses dones en la meva vida. Les dones van ser molt submises i em van donar obediència total. A canvi, les vaig cuidar, emocional i sexualment. Van ser relacions basades en confiança i una entesa mutu".

Per un moment, Samantha estava sorpresa.

Ella esperava que la cita a l'oficina fora dolorosament incòmoda.

En canvi, el que va aconseguir va ser un professor sexualment avançat que aparentment l'entenia.

"Està bé", va dir ella. "Crec que té raó. Té sentit incorporar algunes d'aquestes coses en el meu projecte d'escriptura. No tot el relacionat amb l'esclavitud, òbviament, sinó l'autoreflexió i el descobriment".

El professor va doblegar el paper.

"Llavors ara no et caldrà totes les meves notes, ja que la història ha canviat. Però llévatelas amb tu. Suggereixo que trobis una nova història per a la segona meitat de la teva novel·la, juntament amb un nou final. Molts estudiants consideren que aquest curs en si és revelador . Aprenen coses sobre si mateixos durant el procés d'escriptura. Això és el que m'encanta d'ensenyar ".

Una sensació de desil·lusió es va apoderar de Samantha quan el professor va posar el paper doblegat davant.

"¿S'ha acabat la nostra reunió?" ella va preguntar.

"Sí. Òbviament has de canviar parts de la teva història, així que els meus comentaris aquí són bàsicament inútils".

"Podem veure'ns de nou? Encara volia parlar amb vostè perquè em donés alguns consells d'escriptura".

"Podem discutir l'escriptura una vegada que hagis manejat el teu trama".

Una sensació de confiança i comprensió acabada de descobrir es va apoderar de Samantha.

Va ser com una epifania.

El seu amor per l'esclavitud i l'escriptura aparentment s'unien per primera vegada.

Ella va assentir.

"Gràcies per tot. És vostè el millor".

"Per què tinc la sensació que estàs planejant alguna cosa?"

"Només la meva primera novel·la", va somriure.

"Vaig voler dir el que vaig dir. M'agrada el fet que ets cautelosa amb les teves fantasies i el teu cos. Si puc ensenyar-te una sola cosa, seria no fer res estúpid amb el teu cos. Respectar a tu mateixa. Això és el més important Puc ensenyar a una dona jove com tu ".

En aquest moment, Samantha sentir alguna cosa pel professor.

El va sentir en la seva ment, cor i entre les seves cames.

Ella ho sabia.

I el professor es va adonar del que havia d'estar pensant ella.

SEGONA PART
IMATGES

CAPÍTOL I

Van passar algunes setmanes.

Amb l'èxit obtingut en la galeria d'art, el fotògraf li va demanar a Samantha que tornés a l'estudi a fer-se més fotografies, i ella va acceptar amb gust.

Era la seva oportunitat d'escapar de l'estrès de la vida i gaudir d'una fantasia.

A més, els diners que rebria per això estava bé.

Com vestuari portava posat un petit abillament negre, que consistia en un sostenidor i calces de cuir.

També portava botes negres.

Finalment, i el més important, portava la petita màscara negra.

Déu no vulgui que algú la reconegués.

Mentre es col·locava el vestit i la màscara, Samantha sentir una onada d'emoció a l'preparar-se per la sessió de fotos.

D'una manera estranya, ella va entendre les necessitats que tenien els addictes.

Aquesta era la seva addicció.

Una cosa que anhelava emocional i físicament.

Quan va estar llista, va entrar en l'estudi on el fotògraf estava preparant la seva càmera.

Els llums, els accessoris i els fons ja estaven posats al seu lloc.

Van tenir les seves xerrades i bromes habituals.

Samantha va expressar la seva gratitud i felicitat perquè els altres retrats s'haguessin venut bé.

El fotògraf va assenyalar que tot va ser gràcies a ella.

"Anem a continuar on ho vam deixar?" va preguntar el fotògraf, sostenint la càmera a la mà, amb la corretja al voltant del seu coll.

"En realitat, m'agradaria provar alguna cosa una mica diferent avui".

Ell semblava obert a això.

"Tens alguna cosa en ment?"

"En realitat no. No ho sé. Però em sento una mica més aventurera".

Ell va pensar per un moment.

"Què tal ensenyar una mica més de pell? Sé que sempre has estat preocupada per això, però més pell generalment ajuda amb les vendes".

Després d'un breu moment de vacil·lació, Samantha va tirar de la part esquerra de la sustentació cap avall, per revelar parcialment el seu petit mugró rosat.

"Què hi ha sobre això?" ella va preguntar.

Ell es va mantenir professional a l'respecte.

"Podem fer-ho així. És clar. Què tal amb l'esclavitud? ¿El mateix que abans?"

"Les mans darrere de l'esquena aquesta vegada. I de genolls. M'agrada l'aspecte vulnerable que tindré".

"¿Hi havia alguna cosa al teu cafè avui?" va fer broma ell.

"Deixa't. L'únic que passa és que sóc una dona amb una idea al cap".

"El que tu diguis. M'agrada aquesta idea. Comencem amb això. Et lligaré les nines per darrere".

El fotògraf va baixar la càmera i va deixar que pengés de coll.

Després va ser a per les cordes.

Samantha es va girar i es va posar les mans a l'esquena.

Abans que ell li lligués les cordes, ella el va detenir.

"Espera, espera un moment".

Samantha va estendre la mà cap endavant i va baixar també una mica la part dreta de la sustentació, exposant els seus dos petits mugrons rosats.

Després, ràpidament va posar les mans a l'esquena de nou.

"Està bé, ara estic a punt", va dir.

El fotògraf va lligar la corda i va formar un nus, unint les mans de Samantha.

Això li va donar a ella una estranya sensació de satisfacció, especialment ara que els seus mugrons estaven exposats.

"Ara estem preparats per seguir. Dóna'm un posat. Com et sents aventurera avui, et deixaré improvisar. Fes el que vulguis".

Samantha es va enfrontar a l'fotògraf, que va retrocedir uns passos i va començar a fer fotografies.

Li feia sentir estranya que un home prengués fotos dels seus mugrons nus, mentre tenia les mans lligades.

Va ser tan emocionant i va sentir un brunzit entre les seves cames i sensacions de formigueig a través dels seus mugrons.

No hi havia molt que pogués fer amb els seus braços.

I estava acostumada a rebre instruccions mentre modelava.

Així que el començament va ser una mica incòmode.

A poc a poc es va acostumar, movent les espatlles, els malucs i els peus per formar diferents postures.

Després es va posar de genolls.

Un posat vulnerable.

Ell va prendre diferents trets des de diferents angles.

Ella es va posar de costat.

Li va prendre més fotos.

Es va donar la volta, pressionant el seu estómac i els seus mugrons contra el terra.

Li va fer fotos del seu darrere.

Després va rodar sobre la seva esquena, amb les mans lligades darrere d'ella, els mugrons apuntant cap amunt en l'aire.

Li va prendre més fotos i va sentir una descàrrega d'adrenalina.

Gràcies a Déu per la màscara, que li permetia preservar la seva identitat quan aquestes imatges es publicarien en diverses galeries d'art, vistes per Déu sap quantes persones.

L'exhibicionisme era una estranya emoció per a ella.

Però no tant com la submissió.

CAPÍTOL II

Després d'una ràpida sessió de masturbació en el seu dormitori, Samantha es va rentar les mans i es va acomodar al seu llit.

Va seure dreta amb l'esquena contra el coixí i l'ordinador portàtil a la falda.

Acabada de sortir de la sessió de fotos, estava armada amb noves emocions i experiències, la qual cosa era perfecte per a una escriptora aficionada com ella.

Va obrir el processador de textos i va continuar amb la seva tasca d'escriptura, que també seria la base de la seva primera novel·la.

Ja tenia diverses pàgines fetes.

Mentre escrivia Samantha, es va trobar amb un obstacle.

Es va preguntar quant de la seva vida personal faria servir.

Es va preguntar fins a quin punt el personatge de la història triarà explorar.

I explorar ¿què?

La fantasia de Samantha era la submissió sexual.

Això és el que ella sempre havia anhelat.

Això és el que ella volia.

Però posar això en el llibre permetria a la seva família i amics conèixer els seus pensaments interns, perquè tots ho estarien llegint.

Es preguntarien si Samantha estava escrivint una història purament fictícia, o si estava expressant els seus propis desitjos i usant el llibre com a mitjà de comunicació.

Era el dilema de l'escriptor.

Afortunadament, ella coneixia l'home amb qui podia parlar sobre això.

Va obrir el seu compte de Gmail i va veure que tenia dos correus electrònics.

Un d'una amiga, l'altre de el fotògraf que acabava d'enviar per correu electrònic l'últim conjunt d'imatges que havien fet junts aquest mateix dia.

Però això no era important en aquest moment.

Ella va escriure un missatge amb una capçalera directe: Podem veure'ns?

"Hola professor,

espero que estigui bé. El progrés en la meva tasca d'escriptura ha estat constant, però he arribat a un obstacle en els termes de la història.

Més específicament, estic lluitant amb la quantitat de la meva vida personal que hauria d'incloure en ella. I sí, m'estic referint a el tema que discutim a la seva oficina fa unes setmanes. Estic segura que entén com he de sentir-me a l'respecte.

¡Ajudeu-me si us plau!

Samantha "

Va enviar el missatge.

Després va llegir el correu electrònic de la seva amiga i va enviar una resposta ràpida.

Finalment, va obrir el correu electrònic de l'fotògraf, que tenia un breu comentari juntament amb un arxiu adjunt, que tenia un total de seixanta-vuit imatges.

Ella va descarregar l'arxiu i va mirar breument les imatges.

Era una mica surrealista veure així a si mateixa.

Les mans lligades a l'esquena.

La màscara que amagava la seva identitat.

I els seus mugrons exposats.

Les fotos d'ella posada de genolls i sobre la seva esquena eren emocionants.

Els entusiastes de l'art eròtic definitivament comprarien aquestes imatges en la propera exhibició en exposicions d'art.

Estaven brillantment fetes, va pensar Samantha.

Es va preguntar breument si hauria d'enviar aquestes mateixes fotos a professor.

Potser a ell també li agradaria veure-les.

Òbviament comprèn les eleccions de Samantha, el que ella apreciava profundament.

A més, aquestes imatges eren alguna cosa rellevants per a la seva tasca d'escriptura, ja que era una expressió de la seva pròpia sexualitat i exploració.

Samantha va redactar un altre correu electrònic amb una capçalera curt i un missatge breu per al professor.

Va adjuntar l'arxiu amb les seixanta-vuit imatges que el fotògraf li havia pres aquest mateix dia.

Li estava enviant al seu professor més fotos d'esclavitud, només que aquesta vegada, seria a propòsit, no per accident com abans.

El seu dit es va demorar una mica sobre el botó 'enviar' de l'correu electrònic.

Ella va dubtar.

Després va esborrar el correu electrònic per complet.

Què pensaria el professor si ella li enviés un altre conjunt de fotos d'esclavitud?

Probablement que s'estava burlant d'ell, va pensar, tenint en compte que li va dir que l'altre havia estat un error.

O que ella estava tractant de seduir-d'una manera desesperada.

Va arribar un correu electrònic.

Era una resposta de l'professor:

"Per descomptat, demà estic lliure a les nou del matí. Dono una altra classe a les deu del matí així que el temps és limitat.

Envieu-me la història. La llegiré aquesta nit i podem discutir-la demà.

professor "

Les coses estaven en marxa i les rodes s'havien posat en moviment.

Ella li va respondre per correu electrònic amb un arxiu adjunt de la seva història.

Es va preguntar què pensaria ell.

CAPÍTOL III

Al matí següent.

La porta de l'oficina de l'professor estava oberta.

Com de costum, semblava estar treballant, mirant alguns papers en el seu escriptori.

Samantha s'havia vestit de manera similar a la seva última reunió.

Una cosa casual, però amb classe. No molt sexy, no massa beata.

Ella no volia enviar els senyals equivocades, especialment amb el que discutiran.

Després de tocar a la porta, el professor va veure la estudiant i la va convidar a entrar.

Van intercanviar algunes bromes mentre ella s'asseia davant d'ell a l'escriptori.

És clar, havien parlat moltes vegades a classe, però una reunió privada sempre era més especial.

"¿El va llegir tot?" ella va preguntar.

"Ho vaig fer. I realment em va agradar", va respondre. "Un treball sòlid. Tens un bon talent. Crec que la teva força com a escriptora és el teu realisme. Hi ha una gran profunditat en els personatges".

L'orgull esclatava dins de Samantha, però ella va aconseguir contenir-lo.

"Gràcies. He pensat molt en això".

"Estic segur que ho vas fer. Com a tasca d'escriptura, aquest és probablement un treball de nivell A", va explicar. "Però no estàs satisfeta amb això, oi? Estàs buscant convertir-te en novel·lista".

"Així és."

El professor va prendre alguns papers.

"Algunes notes que vaig fer, que volia comentar amb tu. Són exemples simples per expandir els teus descripcions i històries secundàries perquè puguis completar un bon llibre. Encara que no espero que facis això ara. Francament, si cada estudiant em lliurés una novel·la llarga em veuria sumit constantment en la lectura ".

Samantha va prendre els papers i els seus ulls van llegir ràpidament les notes.

"Això és increïble. Gràcies".

"No hi ha necessitat de agrair".

"¿Fa això per tots els estudiants?" ella va preguntar.

"Només per als estudiants que volen convertir-se en novel·listes i volen un nivell addicional de crítica. Sempre estic disposat d'ajudar en aquest sentit".

"Alguna vegada t'has ficat al llit amb una estudiant?" preguntar sense embuts, sense preocupar-se per les possibles conseqüències.

"Per què em preguntes això?"

"Estic fent una investigació de personatges per a la meva tasca d'escriptura".

Ell va somriure.

"És així? Ets una noia directa, ho sabies?"

"Les noies tímides no poden entrar a una escola com aquesta. Això és segur".

"Probablement tinguis raó en això".

"Llavors, quin és la resposta?"

"Ho vaig fer, amb una estudiant fa uns anys", va respondre. "Però tingues en compte que no vaig ser un assetjador. Mai he perseguit a una estudiant sexualment."

"Llavors, com va succeir?"

"Diguem que teníem un amic mutu i ens vam conèixer en una festa. Una festa de swingers. Tots dos teníem extrems oposats de el mateix interès. Era una submisa incondicional. Jo era un Amo experimentat. Pots imaginar la resta".

"Interessant."

"¿Això realment va a estar en la teva història?"

"Probablement", va respondre ella. "En la meva història, la jove forma una relació amb un home molt més gran, i que té molta més experiència en la vida".

"Guapo també, espero".

"Oh, sí."

"Parlant d'això, vas esmentar alguna cosa al teu correu electrònic sobre d'incorporar la teva vida personal a la teva història".

Samantha va fer que sí amb el cap.

"Així és. El meu cor i la meva ment volen portar la història en la mateixa direcció. La qüestió és que aquesta direcció involucra, ja saps, el sexe. La majoria dels joves passen per aquesta fase, on només volen explorar el sexe i la seva bellesa. Suposo que per això està fluint en la meva escriptura ".

"I et preocupa que la gent et jutgi en funció de l'contingut de la teva història".

"Exactament. ¿Va passar per el mateix amb els seus llibres?"

"És clar que sí. Però és diferent. Sóc un home. Ets una dona jove. La societat té diferents estàndards per a nosaltres quan es tracta de sexe. Però si estàs buscant una resposta de mi en aquest sentit, ho sento, no puc donar-te una resposta. Això ha de ser teu. Aquest és el teu art, la teva història, no la meva ".

Samantha va pensar per un moment i va assentir.

"Puc mostrar alguna cosa?"

"Per descomptat."

"Espereu un segon."

Samantha va prendre el seu telèfon i va buscar entre les seves fotos.

Després li va lliurar el seu telèfon a professor.

"Aquestes són d'una sessió de fotos que vaig fer ahir", va explicar. "Gairebé es les vaig enviar ahir, però no vaig pensar que fos apropiat".

Va repassar les imatges explícites.

"Llavors, per què creus que és apropiat ara?"

"Perquè valoro la seva opinió. I volia mostrar-li que vaig prendre el seu consell de l'última vegada que ens vam veure. Em va dir que respectés el meu cos. Bé, ho vaig fer. Ho faig. Aquestes posis van ser idea meva. Aquesta és la meva fantasia i la meva expressió sexual com una dona jove i sana ".

El professor va tornar a mirar les fotos al telèfon.

"Certament sembles una dona jove i sana".

Li va tornar el telèfon i Samantha el va guardar.

"Puc fer-li una pregunta personal?"

"Per què no? Ja ens hem estat tornant personals".

Ella va empassar saliva.

"Com Amo, què li faria al seu submisa, si ella estigués en aquesta posició? De genolls amb les mans lligades".

"Alguna raó en particular per la que vols saber això?"

"Només tinc curiositat. Ajudarà amb la meva tasca d'escriptura, ja que entendria el que faria un veritable Amo en aquesta situació".

Ell va pensar per un moment.

Potser estava pensant en el que faria.

Potser estava pensant si hauria de dir o no.

Samantha no podia dir-ho.

Finalment, el professor va donar la seva resposta:

"Entrenaria teva gola".

Ella es va sorprendre breument.

"Jo, suposo que es refereix a ..."

"Gola profunda. Perdó pel llenguatge, però això és el que faria. És el més obvi en aquesta posició, no? Estàs de genolls. Amb les mans lligades a l'esquena, no podràs resistir-te a la meva entrada per boca".

Samantha sentir que el seu cony s'estrenyia.

"Això certament té sentit".

"Bé, així és com crees una bona història. T'imagines tots els escenaris i el que succeiria després. Com reaccionarien els diferents personatges en cada situació. Aquesta és la forma en què has de pensar".

"Ho sé."

Ell va aixecar una cella.

"Sembla que tens més de la teva història completa del que em vas enviar per correu electrònic".

"Li vaig enviar tot", va dir amb una expressió juganera. "També tinc moltes idees, però encara no les he escrit. Necessito superar l'ansietat que la gent conegui els meus pensaments".

"Els autors no poden superar els límits si senten ansietat de manera que la gent pensi. Això és segur".

"Té algun consell per això?" Va preguntar amb una veu lleugerament aguda, com si estigués suggerint alguna cosa.

"Bé, he escrit totes les meves novel·les de la mateixa manera, que és produir la millor història possible que vull explicar, i que esperant que la gent gaudís llegint-".

"Té sentit."

"Però no ho recomanaré per a tu, donada la naturalesa del que hem estat discutint", ha afegit. "Ha de ser la teva decisió quin tipus d'història vols explicar, què tan honesta sigui i quant sexe vols incloure".

"Què passa si volgués, ja saps, empènyer els límits?"

"Aquesta és la teva decisió. Però com he dit, no siguis estúpida a l'respecte. Aquest món està ple de persones que volguessin usar-te per tenir sexe".

"Què passaria si volgués que em fessin servir? "

El professor la va mirar directament als ulls.

Ella li va tornar la mirada.

Cap dels dos era un ignorant.

Sabien exactament el que estava passant per la ment de cada un.

"Sóc massa vell per a jocs, Samantha," va dir el professor. "Ja he estat generós amb el meu temps i la retroalimentació. Llavors, si vols alguna cosa més de mi, no juguis, només sé una dona adulta i digues-ho".

Samantha sentir que el seu pit s'estrenyia.

Ella va inhalar i exhalar més fort.

"M'ajudaràs? ¿M ensenyaràs?" Va dir ja de forma confiada.

"¿Ensenyar què, exactament?" preguntar bruscament, com un mestre renyant a un mal alumne per ser massa imprecís. "Sé clara".

"Series meu Amo?"

"Aquesta elecció és un regal", va dir. "Cal triar sàviament."

Ella va respirar fondo.

"¿Acabo de cometre un error horrible? Déu, sóc una idiota. Ho sento molt. Si us plau, t'ho prego, no deixis que això arruïni la nostra relació acadèmica. Realment vull seguir treballant amb tu".

"Ets sorollosa quan tens orgasmes?" preguntar sense embuts.

"¿Perdó?"

"És una pregunta simple. Crec que em vas escoltar bé".

Ella es va aclarir la gola.

"Sóc gairebé normal. Però tot depèn, per descomptat, del meu estat d'ànim i de com em senti".

"Aixeca't la teva camisa, Després aixeca't la sustentació per exposar els teus mugrons, com en aquestes fotos".

Era el moment de la veritat.

La primera vegada que Samantha se sotmetria a un home.

Va aixecar la camisa acuradament planxada per revelar el seu ventre nu.

Després més alt per revelar el seu sosteniment blanc, que contenia els seus pits una mica pertorbats.

Després va aixecar el seu suport per revelar els seus petits mugrons rosats.

"És aquesta la teva idea de dominar-me?" preguntar ella, gairebé desafiant a fer més.

"És un començament. Vols anar més enllà?"

"Si."

"Juga amb els teus mugrons. Pessiga. Estreny. M'agradaria veure com ho fas".

Samantha va obeir a professor.

Es va pessigar i va estrènyer els seus petits mugrons rosats mentre continuaven mirant-se als ulls.

"És aquesta la meva iniciació?" ella va preguntar.

"No exactament. Encara no".

Ella va continuar acariciant els seus pits.

"¿No ho és?"

"Primer, hauré de veure què tan valent ets. Una sessió de fotos és una cosa, la vida real és una altra", va explicar. "Descorda els teus pantalons. Juga amb la teva vagina nua per a mi. Just aquí. Arriba a l'orgasme, però fes-ho en silenci. Després discutirem sobre com empènyer els teus límits més endavant".

Ella va començar a descordar els pantalons.

"Jo puc manejar això."

"Això et fa sentir incòmoda?"

"És una mica estrany", va respondre ella amb un lleu encongiment d'espatlles. "Però és emocionant".

Amb els pantalons descordats, va lliscar la mà dreta per les calces i es va fregar el clítoris.

Van mantenir contacte visual mentre ella es masturbava, com si fos un desafiament d'algun tipus.

"Què estàs pensant?" preguntar.

"Realment ho vols saber?"

"Per descomptat que sí."

Samantha va continuar jugant amb el seu clítoris.

"Tots dos fent una sessió de fotos junts. Una sessió d'esclavitud".

"Què estaríem fent?"

"Em amarrarías. Llavors entrenarías al meu coll".

"¿Dur? O suau?"

Ella va somriure.

"Per què no m'ho dius tu?"

"Sempre sóc amable", va respondre, mirant al seu estudiant masturbar per a ell. "Prefereixo agafar-me el meu temps i anar a poc a poc. Si et fes gola profunda, seria gairebé romàntic, d'una manera estranya. Aniria molt a poc a poc. Assegurant-me que puguis prendre la quantitat correcta. Quan estàs acostumada per a això, aniria una mica més ràpid, una poc més dur ".

Samantha es va fregar el clítoris amb més velocitat escoltant el professor parlar.

Ella imaginava l'escenari que narrava mentre ell parlava.

"Oh Déu", va panteixar, fregant-se més ràpid.

"Crec que estàs a punt per ser una submisa. I potser m'agradaria ser el teu Amo".

Samantha va panteixar les paraules 'Déu meu' una altra vegada quan va arribar a el clímax.

No hi va haver vergonya ni semblant quan ella es va córrer, mirant a professor als ulls.

Va estar gairebé sense alè per un moment quan el seu cos es va tensar i després es va deixar anar.

Ella va tremolar lleugerament quan tot va acabar.

El professor es va aixecar i va caminar cap a la estudiant, que encara s'estava recuperant de l'orgasme.

"Ben fet", va dir.

El professor va col·locar el sostenidor de Samantha i li va ficar els pits per cobrir les seves mugrons.

Després li va baixar la camisa, assegurant-se que estigués bonica i ordenada.

Després la va ajudar a cordar-se els pantalons.

Quan el professor va acabar de vestir Samantha, es veia com a nova, amb una expressió brillant a la cara i les puntes dels dits lleugerament humides.

"Què és el següent?" ella va preguntar. "Per a nosaltres."

"¿El següent? Tinc una classe aviat. Me n'he d'anar. I si no m'equivoco, també tens classe aviat".

"La tinc."

"Vols que ens veiem de nou?"

Ella va assentir.

"El vull."

"¿Només per discutir la teva tasca d'escriptura?"

Ella va dubtar, la seva veu tremolant.

"Vull, ja saps, continuar això. El meu entrenament. Aquesta experiència és útil per a la meva procés d'escriptura".

"I què més?"

Ella sabia exactament el que el professor volia escoltar.

"I crec que això és molt excitant", va respondre ella amb sinceritat. "És la meva gran fantasia. Em vaig córrer per tu, pensant en tu. Vull ser el teu submisa".

"Dilluns. Vine aquí, a la meva oficina, a les set del matí".

"¿Perquè tan d'hora?"

"En el cas que cridis accidentalment, no vull que ningú ho escolti".

Els ulls de Samantha es van obrir i el seu cony es va estrènyer.

CAPÍTOL IV

Durant el cap de setmana, ella va participar en una altra sessió de fotos amb el mateix fotògraf.

En el mateix estudi.

Amb els mateixos accessoris.

Les imatges eren més arriscades a mesura que se sentia còmoda amb la seva sexualitat i preferències submises.

Ella va demanar que les cordes estiguessin més estretes.

Ella volia provar a sentir el que era ser una submisa real.

I ella va fer just això.

El resultat final va ser molt eròtic, però fet amb molt de gust.

Samantha estava una vegada més de genolls, amb les nines lligades davant d'ella i una màscara negra a la cara.

Durant la sessió de fotos en totes les expressions corporals que realitzava, traspuava una alta sensualitat perquè constantment estava pensant que el professor l'estava entrenant.

De tornada al dormitori, Samantha va escriure sense parar i amb gran intensitat en el seu ordinador portàtil, asseguda en la seva posició d'escriptura favorita, al seu llit, amb l'esquena recolzada en el coixí.

La seva companya de quart, Vicky, jeia al llit adjacent, vestida només amb una samarreta.

Quan Vicky va estirar el seu cos, la seva cony es va quedar exposat, però ja estaven acostumades ambdues a el cos de l'altra.

"Tot el que fas és escriure", va dir la Vicky. "Mai t'avorreixes amb aquesta cosa?"

Samantha va seguir escrivint.

"De cap manera."

"Probablement obtindràs bones qualificacions aquest semestre amb tot el que has escrit. Anem, sortim a menjar hamburgueses i batuts".

"Necessito vigilar la meva dieta".

"Llavors només menja l'hamburguesa i salta't el batut".

Samantha va fer una pausa i va mirar a la seva companya de quart.

"Aquesta no és una mala idea. Ha passat massa temps des de l'última vegada que vaig menjar una hamburguesa".

"El meu regal. I sé exactament el lloc", va dir Vicky, saltant del llit.

Samantha estava a punt de tancar el seu ordinador portàtil quan va recordar alguna cosa.

Ella va buscar les fotos.

"Espera, puc mostrar-te alguna cosa realment ràpid?"

Vicky es va acostar i va mirar les imatges explícites de l'ordinador portàtil.

Imatges d'una Samantha parcialment nua, de genolls, canells lligades, i posis sensuals cridaneres.

"Maleïda noia", va exclamar Vicky. "Ets realment tu?"

"Sí."

"No tenia idea que poguessis ser tan ..."

"¿Símbol sexual?" Samantha va fer broma. "Intento mantenir aquest costat ocult".

Vicky va riure.

"Bé, facis el que facis, segueix així. A aquest ritme, ni tan sols necessitaràs un títol universitari, podries ser una model professional".

"Prefereixo la meva carrera professional actual".

"El que sigui que funcioni per a tu. Mentrestant, tinc gana. Anem a vestir-nos".

Samantha va observar com la seva companya de quart s'acostava a l'armari i es treia la samarreta, quedant completament nua.

Com de costum, Samantha sentir una mica d'admiració perquè Vicky va ser beneïda en el departament de pits, amb unes grans pits que cridaven l'atenció, però Samantha va tractar de no estar gelosa.

També es va sentir una mica culpable per no haver-li explicat la seva companya de quart sobre la situació amb el professor.

Des de l'escola secundària, sempre van ser honestes amb tot, especialment sobre els nois.

Mai es van guardar secrets l'una a l'altra.

Però això era diferent.

El professor va fer que Samantha prometés no explicar a ningú, i Samantha sempre mantenia la seva paraula.

Abans de baixar-se del llit, Samantha ràpidament va obrir el seu compte de Gmail i va redactar un missatge per al seu professor.

Ella va adjuntar l'última versió de la seva tasca d'escriptura.

Després va adjuntar les últimes fotos d'esclavitud que havia pres aquest dia.

Enviat.

Samantha va guardar l'ordinador portàtil i es va treure la roba, despullant amb la seva companya de quart.

Necessitava urgentment menjar alguna cosa carregat de calories.

TERCERA PART
CORDES

CAPÍTOL I

Quan va arribar el dilluns al matí, Samantha ja no estava preocupada pel seu abillament o aparença.

No com ho havia estat en les altres ocasions que s'havia reunit amb el professor.

Ella ja estava acostumada a veure el professor en privat, i ja s'havia masturbat per a ell.

Portava una brusa senzilla, els cabells recollits en una cua de cavall i maquillatge lleuger a la cara.

També era massa d'hora per posar-se qualsevol altra cosa.

També hi eren les breus instruccions que el professor li va enviar per correu electrònic la nit anterior.

Ell li va demanar que fes servir una faldilla curta i no es posés calces.

Una sol·licitud que estava ansiosa per complir, encara que no tenia idea del que anava a succeir.

El professor va arribar a l'edifici aproximadament a el mateix temps.

Durant aquesta hora del dia, gairebé ningú estava als voltants.

Portava la seva bossa d'oficina habitual, que contenia habitualment el seu ordinador portàtil i llibres per a la classe, juntament amb claus a la mà per obrir la porta del seu despatx.

En aquest punt, la seva relació s'havia tornat casual i a l'veire es van preguntar sobre el cap de setmana de l'altre.

Samantha sentir que es tornava una mica més coqueta amb ell, i el professor era molt menys sever que a l'aula.

El professor va tancar la porta amb clau una vegada que van entrar a l'oficina, la qual cosa era inusual, ja que mai la mantenia tancada amb clau quan estaven dins.

Quan es van asseure un davant de l'altre, la conversa va canviar.

"Vaig llegir el teu document", va dir. "I vaig veure les teves fotos".

Això la va posar nerviosa per alguna raó que no sabria explicar.

Ella va tractar d'ocultar el fet que es va inquietar breument, ja que no volia mostrar-li cap tipus de debilitat.

"Què vas pensar sobre tot això?"

"Crec que la teva escriptura és sòlida. L'estructura de la història és bona. Gramàtica impecable. Tens una gran comprensió de l'idioma anglès i m'agrada que variïs les descripcions. El més important és que la història i els personatges estan ben desenvolupats. Gairebé es sent autobiogràfic. És vívid. M'agrada això ".

En qualsevol altre moment, Samantha s'hauria sentit completament afalagada pels elogis que acabava de rebre d'un professor que respectava profundament.

Però ara, mentre estava asseguda sense calces, això era l'últim en el que pensava.

"Què t'han semblat les fotos?"

"Ets una dona jove i bella, Samantha", va dir. "Sempre vaig pensar això de tu".

"Volies que vingués aquí a les set del matí, quan no hi ha ningú més al voltant. Em vas dir que fes servir una faldilla. I tampoc estic portant calces".

"Llavors, has vingut aquí només per ser entrenada, és això?"

Ella va assentir.

"Estic fent el ridícul?"

"Aixeca't i mira cap endavant".

Samantha es va aixecar, es va ajustar la camisa i la faldilla perquè es veiés ordenada i va mirar cap endavant.

El professor també es va posar dret i es va acostar, mirant de prop la seva jove cara bonica, tractant de llegir les seves expressions facials.

Els llavis de Samantha van semblar estrènyer.

El seu cos estava tens i rígid, però hi havia un petit brillantor en els seus ulls, com si hagués esperat molt de temps per això.

"Realment m'agrades, Samantha", va dir. "Ets intel·ligent, motivada, molt amable i bella".

"Gràcies", va dir ella, gairebé en un murmuri.

"He de dir-te que gaudeixo ser Amo. És una cosa que em prenc molt seriosament. I sempre brindo la màxima cura als meus servents".

¿Servents? A Samantha li agradava cap a on es dirigia això.

"Entenc", va respondre ella.

"I tu? A causa de la nostra diferència d'edat i la meva posició a la universitat, mai podrem sortir. Mai no podrem tornar-nos de forma romàntica. ¿Això et molesta?"

"Puc guardar un secret. I estic massa ocupada per tenir un nuvi".

"Llavors, la dolça Samantha està buscant un Amo? Per pura necessitat sexual, ¿no és així?"

"Crec que ja ho saps", va dir suaument.

"Has pensat en això? ¿Jo sóc el teu primer Amo? ¿Lliurar-te a mi del tot? Mai vaig a per la meitat. Quan siguis meva, faré el que vulgui amb tu. Et empujaré als teus límits. Però si vols acabar- , s'haurà acabat ".

El cony de Samantha es va estrènyer.

"Això és el que estic buscant. Sempre vaig voler, ja saps, ser una submisa. I vull ser-ho amb tu".

"Per què jo?" el preguntar.

Ella es va posar nerviosa.

"Per la teva experiència amb això. M'encanta que tinguis tanta cura. I m'encanta com penses. Qui ets. M'encanta tot el tema de professor - estudiant. M'encanta el poder autoritari que tens sobre mi".

"Aixeca la faldilla".

Samantha va aixecar la seva faldilla per revelar la seva vagina bé afaitada i el seu darrere nu.

Estava nerviosa i les seves mans tremolaven lleugerament mentre sostenia la seva faldilla.

"Ets més bella en persona que a les fotos", va dir.

"Gràcies."

"Ara inclina't. Posa les teves mans sobre el meu escriptori. Obre les cames".

Samantha va obeir.

"Què faràs?"

"Vaig a fer-te un gran favor. Això és per la teva tasca d'escriptura. M'agrada cap a on es dirigeix la teva història. Però tens algunes coses que aprendre. Si vols escriure adequadament sobre un viatge sexual, llavors com el teu professor, m'agradaria que ho experimentis de primera mà ".

El cony de Samantha es va retorçar mentre mantenia la seva posició sobre l'escriptori.

Va mantenir la vista a el front mentre el professor buscava a la seva bossa d'oficina.

No tenia idea del que estava buscant, i tampoc volia mirar.

Tenia massa por de mirar.

Ella simplement volia deixar que les coses progressessin.

Les seves mans van començar a fregar el seu cul suau i les seves cuixes tonificats.

"Què cames tan boniques", ha assenyalat. "Vaig a posar un tap al teu darrere. Alguna vegada has sentit un d'aquests abans?"

"No Creus que m'agradarà?

"Si et relaxes i fas el que et dic, gaudiràs de moltes coses".

El professor va amassar el seu darrere com si fos massa.

Estrenyent fort i massatge.

Quan ell va estendre el seu darrere, Samantha es va sentir molt exposada.

Ella sabia que ell estava mirant profundament en el seu anus.

Després ho va deixar anar.

"Això pot sentir una mica fred", va dir, obrint un lubricant.

El cos de Samantha es va treure quan el professor li va tocar l'anus amb els seus dits lubricats, però ella ràpidament va reprendre el control, mantenint-quieta.

Els dits van envoltar la seva anus abans d'empènyer cap a dins, cobrint la seva recte amb el lubricant anal.

"T'agrada el sexe anal?" preguntar.

"Oh, sí. Però només si estic de bon humor. Com pots veure, estic una mica atapeïda allà enrere".

"Se sent així. Ara relaxa't, això es va a sentir una mica incòmode a del principi, però t'acostumaràs. Ho prometo".

Després d'allunyar el seu dit, el professor va pressionar un tap contra l'anell de l'anus de Samantha.

Era de quatre polzades.

Manejable per qualsevol senyoreta.

Va donar un suau empenta i el tap va passar a través de l'anell del seu anus, gràcies a l'lubricant.

El cos de Samantha es va retorçar i va panteixar, però va mantenir les bones formes.

El va empènyer fins que va estar completament dins.

El tap del darrere estava dissenyat per entrar les quatre polzades, després era detingut per una superfície plana, perquè Samantha pogués seure més tard sense massa inconvenients.

"Ara, vaig a inserir alguna cosa a la teva vagina", va dir. "Un petit vibrador que només jo puc controlar".

Samantha va bellugar el cul.

"Estic al teu mercè".

"Bona noia."

El professor va buscar a la seva bossa d'oficina i va treure un petit vibrador d'unes sis polzades, que tenia unes corretges per poder lligar-se.

Ell va separar els prims llavis marrons de Samantha, revelant la seva obertura rosa.

Estava mullada, pel que sabia que ella estava excitada.

Després va pressionar el vibrador contra el seu forat mullat i va empènyer.

L'entrada va ser fàcil, especialment perquè les cames de Samantha estaven obertes i el seu sexe estava excitat.

Polzada per polzada, el vibrador es va obrir pas dins el cony de Samantha.

Ella va pressionar la seva mà sobre la taula, gaudint la sensació de l'entrada, i també va gaudir el fet que era el professor qui ho feia.

Una vegada que el petit vibrador va estar completament dins, el professor va subjectar les corretges al voltant de les cames i la part posterior de Samantha, fins que el vibrador va estar totalment segur.

"No importa com forta vibri aquesta petita cosa, no aniré enlloc". Va pensar ella

"Ara pren seient", va dir el professor.

Samantha es va redreçar, es va arreglar la faldilla i va tornar a seure al seient, davant de l'escriptori.

Era una mica incòmode com havia esperat.

Era la primera vegada que feia servir un tap darrere, i era estrany seure.

El seu recte estava estirat i sentia que el seu darrere ja li estava fent mal.

El vibrador lligat dins del seu cony també era una sensació estranya.

Mai havia sentit una cosa així abans.

En general, quan alguna cosa d'aquesta forma i mida estava dins del seu cony, Samantha estava cap per amunt, oa quatre potes, sense seure.

Combinat, el sentiment era surrealista.

Els seus dos forats estaven plens de joguines sexuals.

I era per una raó.

Tan incòmode com era, també era sexualment emocionant.

"A continuació, et vaig a lligar a la cadira", va dir.

Ella va empassar saliva.

"Puc gestionar això".

El professor va ser fidel a la seva paraula.

Dins de la seva borsa d'oficina havia cordes de color blau que semblaven tenir una textura suau.

Quan el canell esquerre de Samantha va estar lligada a la butaca, ella va veure que tenia raó.

La corda se sentia suau contra la seva preciosa pell.

El nus que va fer el professor semblava professional i correcte.

I ho va fer amb la quantitat perfecta de pressió.

El mateix procés es va repetir amb el seu canell dret.

Després van venir els seus turmells.

Ella va observar a professor repetir hàbilment el procés amb cadascun dels seus turmells.

Ella el va mirar i es va meravellar de les seves habilitats.

Certament era un Amo experimentat, especialment quan es tractava de cordes, va pensar.

No és d'estranyar que el professor fos tan comprensiu sobre les fotos d'esclavitud de Samantha, ja que tenia exactament el mateix fetitxe, va pensar.

Quan va acabar, Samantha estava completament lligada a la cadira, amb joguines sexuals al cul i la vagina.

Aquest era un tipus diferent d'eufòria de participar en una sessió de fotos.

Aquesta era la vida real.

I estava completament a mercè del seu professor, a qui admirava profundament.

Ell es va tirar cap enrere, amb el cul recolzat contra el seu escriptori, mirant la seva obra.

Samantha lligada a l'assentament.

"Desitjaria que poguessis veure't a tu mateixa", va dir el professor. "Tan bella, tan indefensa. La mostra perfecta de submissió".

Ella va assentir.

"Gràcies a tu."

"És això el que esperaves? Com et sents? Et penedeixes d'això? Et resulta humiliant? Digues-me i sé precisa."

Ella va reunir els seus pensaments.

"Em sento viva. Com si estigués fora de perill amb tu. Perquè sé que mai em faries mal. Hi ha un consol en això. I m'encanta estar sota el teu control. La teva control sexual. Lliurar-me a tu. No sé si mai pogués explicar-ho completament , però així és com em sento ".

"Aquí està", ha assenyalat. "Aquests són els pensaments que necessites estar pensant per convertir-te en una gran novel·lista algun dia. T'estàs convertint en una dona en sintonia amb ella mateixa. Florint".

"També vull sentir-ho".

"Estic un pas per davant de tu", va dir, sostenint un petit dispositiu. "Aquests botons controlen el vibrador dins teu. El que vol dir que ara controlo el cos i la ment. Encara vols experimentar l'estil de vida que has estat anhelant per tant de temps?"

"Sí ..."

Tan aviat com aquestes paraules van escapar dels seus llavis, el professor va pressionar un botó que va provocar l'activació de l'vibrador.

Tot el cos de Samantha es va sacsejar i el seu rostre va fer una ganyota.

Els seus braços involuntàriament van tirar de les cordes quan ella va tirar, però va ser en va, les cordes eren massa forts.

"Aquest és només el primer pas", va dir.

La joguina sexual va continuar vibrant en el seu cony.

"Oh, Déu, això se sent ... mai abans havia fet servir un vibrador així. Se sent tan ..."

El professor va observar atentament a la estudiant retorçar mentre pressionava un altre botó, pujant la potència de l'vibrador altra osca.

Samantha semblava sense alè quan els seus ulls es van obrir i la seva boca va formar una O.

Semblava que estava sense alè, mentre altres el vibrador feia la seva màgia.

"Aquesta és l'essència de la submissió", va dir el professor. "Estic en complet control. Estàs completament perduda. I és el meu deure fer que et corris. Ara, ja no has de preguntar-te com és. Ja l'has experimentant de primera mà, ¿no és així?"

Ella va lluitar per parlar.

"Sí ..."

"T'agradaria arribar a l'orgasme?"

Ella va assentir.

"Sí ..."

La seva veu es va apagar quan la vibració es va tornar aclaparadora.

Després el professor va pressionar l'interruptor que va portar el vibrador a l'osca més alta.

Això va fer que tot el cos de Samantha es sacsegés i les seves mans es estrenyessin.

Els seus natges es van estrènyer involuntàriament contra el tap del seu darrere.

Els seus ulls es van tancar i va gemegar fortament.

Quan Samantha va plorar i va cridar, el professor va baixar el vibrador a la primera osca i Samantha va poder calmar-se.

"Ets massa sorollosa", va assenyalar el professor. "Podríem ser atrapats si crides així".

"Ho sento molt", va respondre ella, respirant amb dificultat mentre la joguina sexual encara brunzia en el seu cony. "Això va ser tan intens. Mai havia sentit una cosa així abans".

"Però encara vols arribar a l'orgasme, no?"

Ella va fer que sí amb els ulls com una bonica cadelleta.

"Per descomptat que sí."

"Llavors hauré de amordazarte d'alguna manera. Algun suggeriment del que puc ficar-te a la boca, per mantenir callada?"

Era una pregunta retòrica.

Tots dos ho sabien.

Samantha era prou intel·ligent com per captar el que el professor suggeria.

I ella també ho volia, amb tot el seu cor.

"La teva polla".

Ell va somriure.

"¿Només per mantenir callada? O vols que entreni la teva boca?"

"Vull ser entrenada. Gola profunda, just com he estat fantasiejant".

"Bona noia."

El professor va deixar el control remot i va començar a descordar els pantalons.

Samantha va observar amb ansiosos ulls com el professor s'alliberava.

Ella va notar que ell estava gairebé completament erecte i la seva mida era força impressionant.

Això només la excitava més.

Va fer un pas endavant, amb la polla penjant davant de la cara de Samantha, amb el control remot de nou a la mà.

"Vaig a posar la meva polla a la boca", va dir. "Vas a mamar. I aniràs fins gola profunda. A el mateix temps, vaig a fer que et corris amb el vibrador. M'entens?"

"Sí", va assentir.

"Recorda aquest sentiment. Fes servir aquest sentiment per als teus escrits. Potser t'encantarà. Potser el odiïs. Però al menys ho has intentat".

"El vull. Més que res".

Amb això, el professor va guiar la seva polla cap a la cara de Samantha.

Ella va obrir la boca i la va acceptar.

Va lliscar entre els seus llavis i ella va embolicar els seus llavis al voltant d'ell, xuclant-.

El professor va panteixar.

"Tens la boca com un àngel", ha assenyalat. "Segueix xuclant".

I Samantha ho va fer.

Ella va xuclar i va moure el seu cap el millor que va poder.

Tot el que podia fer era moure el seu coll cap endavant i cap enrere.

Ella va treballar amb els seus llavis i la seva llengua.

Ella va proporcionar una bona succió per a ell, i va girar la seva llengua al voltant de la punta de la seva erecció.

Era una cosa que ella sabia que els homes estimaven absolutament.

I a ella li encantava fer-ho.

També li encantava sentir que la seva polla s'enduria a la boca.

"Relaxa't", va dir. "Vaig a anar més profund. No lluitis contra això".

El professor va posar una mà a la part superior del cap de Samantha, després va empènyer suaument, portant el seu penis més profund.

Ella es va ennuegar una mica, després ell va retrocedir.

Ara coneixia els límits orals de Samantha.

La noia tenia un reflex estàndard de nàusees.

Va tornar a entrar, només on era el reflex de les nàusees de Samantha, i fins aquí va arribar.

Volia entrenar el seu gola sexualment, no fer-la vomitar.

"Ara és quan vaig a fer que et corris", va dir. "Relaxa el teu cos. Ara estàs sota el meu control".

El professor va pressionar el botó i el vibrador va tornar a l'osca més alta.

Samantha es va retorçar al seient tractada com una esclava.

Les seves natges una vegada més van prémer el tap en el seu petit forat.

Els seus ulls es van humitejar.

Les seves mans van formar nusos atapeïts.

Els seus dits es van estrènyer dins de les seves sabates.

La petita oficina es va omplir amb el so de l'vibrador petit però poderós, treballant la seva màgia dins el cony mullat de Samantha.

També hi va haver sons de nàusees i xiscles esmorteïts a la boca de Samantha.

Sons lascius de xuclar i xuclar.

"Segueix xuclant", va dir. "Pots fer dues coses. Chúpalo i tingues el teu orgasme a el mateix temps".

Samantha va tornar a concentrar-se en xuclar la polla de professor.

Potser això eliminarà els sentiments extrems en la seva regió inferior, va pensar.

Ella va fer tot el possible per moure seva llengua al voltant de l'membre, però era difícil ja que la polla estava fins a la seva gola.

També va tractar de treballar amb els seus llavis el millor que va poder.

Mai abans havia fet gola profunda amb un noi, així que aquesta va ser una experiència d'aprenentatge inusual per a ella.

Mentre xuclava, les sensacions en el seu cony van créixer fins a esdevenir una intensitat poderosa.

La pressió creixia i creixia.

També ho va fer el dolor que causaven les vibracions prolongades, juntament amb el dolor en el seu recte i el dolor on estaven lligats seves extremitats.

Ella va fer un so esmorteït per la seva polla.

"Estàs a prop de correrte?"

Els seus ulls plorosos van mirar a professor.

Amb ulls de cadelleta.

Ella va assentir lleument, el millor que va poder, sense fer mal la polla d'professor.

El professor va somriure.

"Corre't per a mi, afecte. Només relaxa't, i deixa que passi".

Samantha va tancar els ulls i es va concentrar en xuclar la polla, que estava en la seva gola, juntament amb els poderosos sentiments a la seva regió inferior.

Efectivament, va arribar l'orgasme.

Ara ja no va poder mantenir l'encaixada dels seus punys i dits dels peus.

Els seus músculs s'estaven relaxant.

Li feia mal el cos.

Ella va sentir un alliberament poderosa en el seu cony.

La pressió va aconseguir el seu clímax i l'orgasme va anar més enllà de les paraules.

Quan va arribar, es va sentir a dolls.

Els fluids brollar del seu cony, cobrint el vibrador i fent un desastre on estava asseguda.

Normalment, estaria aterrida pel desordre que estava fent a la seva falda, ja que hauria de caminar pels passadissos i travessar el campus amb aquesta taca de l'orgasme.

Però aquest no era un moment normal, no en aquest moment.

L'única cosa que li importava era aquest sentiment intens.

Res més importava.

Que li donessin a la faldilla mullada.

Aquest va ser l'orgasme més increïble de tota la seva vida.

Ella va respirar pesadament amb els ulls tancats.

Després es va relaxar i va sospirar.

Va ser llavors quan el professor va saber que acabava d'acabar de córrer.

No tenia sentit molestar Samantha més, així que va apagar el vibrador.

"Va ser bonic", va dir. "Però ara és el meu torn. Encara tens energia?"

Va aixecar la vista i va assentir, amb els ulls formant llàgrimes per l'orgasme que acabava d'experimentar.

El professor bressolar els malucs.

Per a l'acte final, volia follarle la boca i la gola, i estava fent exactament això.

Ella va continuar xuclant.

Quan va tornar la seva energia, va tornar a treballar amb la seva llengua, juntament amb els seus llavis.

"Trágatelo", va dir.

Va sostenir el cap de Samantha quieta amb una mà, i amb l'altra mà, va acariciar furiosament el membre de la seva polla dura i furiosa, mentre la punta de la seva erecció era a la càlida boca de Samantha.

Samantha es va sentir orgullosa d'haver pogut fer que el professor estigués tan dur, i això va funcionar.

La feia sentir sexy, desitjable i desitjada per ell.

L'orgasme es va disparar a la boca de la estudiant.

Raig després raig de semen va entrar a la boca de Samantha, en la seva llengua i en la seva gola.

Amb cada raig de semen, Samantha engolia.

Era una cosa que li agradava fer, especialment ara per a l'home que acabava de donar-li aquest memorable orgasme.

Ella va gaudir el sabor i la textura del seu semen.

El va assaborir a la boca.

El va girar amb la seva llengua.

Això no era una cosa que ella aviat oblidaria.

Ella va continuar xuclant fins que tot va sortir.

Després, quan el semen es va aturar, va girar la llengua al voltant del cap de la seva polla i llepar l'obertura.

Quan la polla es va tornar suau, va deixar que se li caigués de la boca i li va donar al cap un petó de comiat en el procés.

Samantha va mirar al seu professor, que l'estava mirant.

Els seus ulls es van trobar.

Hi havia una comprensió subtil entre ells.

Sabien el que pensava l'altre.

Samantha era una noia submisa que finalment va poder experimentar la seva fantasia.

I el professor era un home que podia gaudir del seu amor per la formació de dones.

"Aquesta és l'experiència de ser submisa", va dir. "Ara ho saps. Fes el que vulguis amb aquest coneixement".

"Em va encantar. Cada segon", va sospirar i es va prendre un moment per recobrar les bones formes.

"Em complau que hagis experimentat el que volies. Si ets una bona noia, podem fer això de nou".

Ella li va dedicar un somriure tendre:

"Millor. Perquè estic escrivint una llarga novel·la".

Quan el professor va desencadenar les nines de la estudiant, li va donar petons suaus al front.

Era un Amo compassiu.

I Samantha era una submisa molt curiosa i tenaç.

I tant que ho tornarien a fer, va pensar.

FI

www.ingramcontent.com/pod-product-compliance
Lightning Source LLC
LaVergne TN
LVHW040954150826
845672LV00002B/687

9798230234197